Portrait

Marion Wolters

© 2022, Marion Wolters
Herstellung und Verlag:
BoD – Books on Demand, Norderstedt
ISBN: 9783756203109

Prismenlicht

Sonnenlicht fällt auf ein Prisma
bricht Licht in verschiedene Farben und Szenen.

**Transparente Ideenfunken werden auf hellblauem
Hintergrund sichtbar:**

lichtdurchlässige, glasgleiche
Träume hinterlassen ein Gedicht im Gedächtnis.

Manche Entscheidungen, die in der Zeit als hart
empfunden wurden, scheinen durch das in den Jahren
entstandene Verständnis zukunftsweisend und klar.

Offensichtlich sind die Begebenheiten, in denen sein
hilfreiches Wirken durchscheint.

Worte in rotem Prismenlicht:

Schaffensdrang
Jagdhornklang
gründlich durchdacht
zu Ende gebracht.

aktiv
kreativ
innovativ
initiativ

„iv-ismen", die auf den Künstler einstimmen, Saiten
anklingen.

Leichtgewichtiges Prismenlicht erlischt in einem weiß-gelben Lichtstrahl.

Ein Blick durch gelbes Licht -
ein anderes Gesicht:

Ein Haus im französischsprachigen Ausland.

Ein satter Klangteppich legt sich
über die im italienischen Stil gebaute Villa.
Üppige, prachtvolle Rhododendrenbüsche
(griechisch „Rosenbäume") breiten sich im Garten
ungehemmt aus.
Aristokratische Gartengewächse, die Erinnerungen
durchscheinen lassen.

Der Blick durch gelbes Glas -
ein internationales Ausmaß:

Ein im Wald in Krisenzeiten
gesprochenes Gebet fliegt im Sturzflug
in das Ohr seines Adressaten.
Gedankensplitter ordnen sich an,
drängen Probleme zu weichen und
Lösungen Platz zu machen. Es sind
die Engel der Gnade, die neue Wege
bereiten und es ist die Brillanz des Künstlers,
neue lukrative Möglichkeiten zu generieren.

Farbenprächtige exotische Vögel
gleiten besonnen durch ein violettes
Aufzugfenster und landen auf grünem
italienischem Naturstein.

Prismenlicht verschmilzt.
Prinzipien ergänzen sich.
Der Künstler verändert sich.
Fortsetzung folgt!

Colours of a prism

Sunshine falls on a prism,
breaks light
into several colours and scenes.

**transparent sparks of ideas appear on
a light blue background:**

Translucent, glass-like architecture
dreams leave a poem in one's mind.

Some decisions were considered too
hard when they were made. Years
passed by and they appear more and
more trendsetting and clear.

Obviously are those incidents in which his helping
activities are shining through.

Words in red prism light:

Creative urge
sound of a hunting horn
thoroughly thought through
finalized

active
creative
innovative
initiative

iv-isms' that gets in tune with
the artist, sounding strings.

Leightweighted prism light diminishes in
a white-yellow ray of light.

**A view through yellow glas -
a different face:**

A house in a francophone country.

A rich sound layer covers the
artist's villa, Italian style.
Lush, magnificent rhododendrons
(Greek for 'rose trees') are growing
without restraint.
They are aristocratic garden plants
which let memories shine through.

**A view through yellow glass -
on an international scale:**

A prayer in time of crisis flies in a dive
into the ear of the receiver.
Sliver of thoughts arrange themselves,
force problems to give way to
solutions. The angels of mercy are
the ones who pave new ways. It is the
brilliancy of the artist who
creates new lucrative possibilities.

Exotic, exquisitely colourful birds
glide levelheaded through a purple
lift window, landing on green, Italian
natural stone.

Prism light melts.
Principles complement each other.
The artist changes.
To be continued!

Zwei Gemälde
Two paintings

Erstes Gemälde - Arbeit

Das erste Bild trägt den schlichten Titel „Arbeit". Ein orange-gelber, mit Auszeichnungen und Preisen bestückter handbreiter Streifen, der von rechts unten nach links oben geführt wurde, teilt es in zwei Dreiecke.

Die Grundstimmung des oberen Dreiecks wird von den Farben weiß und gelb dominiert, durchzogen von wenigen grauen und schwarzen, nahezu impressionistisch erscheinenden Punkten. Von einem erhöhten Sonnenaufgang durch ein Fenster in das Arbeitszimmer des Künstlers, das sich durch eine schlichte, fast spartanische Ausstattung auszeichnet und auf einen Menschen hinweist, der nicht abgelenkt werden möchte. Diesen Eindruck unterstreichend sind die Regale und der Schreibtisch fast skizzenhaft dargestellt. Der Blick aus dem Fenster deutet einen Teich an, umgeben von viel Grün. Die exakt aufgetragenen Farben sind ein Hinweis auf die Genauigkeit des Künstlers.

Aus dem Rahmen fallen die disharmonischen Farben der Arbeitsmaterialien und des Plans, an dem er arbeitet. Sie symbolisieren die Auseinandersetzung mit den fachlichen und menschlichen Problemen, denen sich der Künstler stellt. Sonnenstrahlen bilden einen Brennpunkt auf dem Plan, an dem er arbeitet. Sie zeigen an, dass es bereits die siebte Version ist, mit der er sein Werk optimiert und seinen hohen Qualitätsanspruch mit viel Durchhaltevermögen verwirklicht.

In orange-rot wird die Abendstimmung des unteren Dreiecks dargestellt. Der späte Zeitpunkt erinnert daran, dass Arbeit für den Künstler als Lebenselixier dient, welches ihn jung hält. Die Person im Vordergrund stellt ihn selbst dar. Der Bildaufbau realisiert seine Idee, dass der Mensch im Mittelpunkt steht und er sein Werk für den Menschen macht. Er gießt eine blaue Flüssigkeit in ein grünes Reagenzglas. Die dreidimensionale Darstellung lässt den Betrachter Zeuge des alchimistischen Prozesses „solve et coagula" sein, in dem die Flüssigkeiten getrennt und wieder neu zusammengeführt werden, wie es in der täglichen Arbeit mit Eigenschaften und Prinzipien geschieht, um neue Projekte und Konstellationen zu schaffen. Die Brauntöne, die dieses Bild hintergründig umgeben, weisen auf die Bodenhaftung der Hauptfigur hin, die trotz der chaotisch anmutenden Formierung der Reagenzgläser über den Durchblick eines durch Krisen gefestigten Menschen verfügt, der auch gut getarnte Täuschungsmanöver augenblicklich durchschaut.

Überdimensional groß wird ein Reagenzglas in der Mitte des unteren Bildrandes gezeigt. Die durchsichtige Flüssigkeit signalisiert Eigenschaftslosigkeit und die Möglichkeit, als Matrix für verschiedene Prinzipien zu dienen.

Am linken unteren Bildrand sind durch eine Wischtechnik verschwommen dargestellte Behälter sichtbar. Die Beschriftung weist die verschiedenen Produkte aus. Sie stellt die Chancen dar, die der Künstler in den notwendigen inneren Umwandlungsprozessen sieht, die er vollzieht, um sich weiterzuentwickeln.

Eine Flasche Rotwein mit einem unleserlichen Etikett und einem Glas stehen abseits auf dem Tisch mit Chemikalien. Sie lassen eine Hinwendung zu den Genüssen erkennen, die das Leben bietet und erinnern an ausgiebig gefeierte Feste mit Champagner und Canapés.

Die sich im Hintergrund des oberen Bildrandes befindlichen, dunkel schattierten Hunde wollen auf den ersten Blick nicht so ganz in das Geschehen passen. Bei genauerem Hinsehen entdeckt der aufmerksame Betrachter eine kleiner gezeichnete Szene neben den Hunden, die diese spielend im Atelier des Künstlers zeigen.

Goethes Signatur erscheint in dem Bild, ebenso das oft zitierte „Wer ewig strebend sich bemüht, den können wir erlösen.

Zweites Gemälde - Meer mit Maler

„Meer mit Maler" lautet der Titel des zweiten Bildes. Es zeigt den Künstler im grünen Jagdanzug vor einer Staffelei, die auf seiner Yacht steht. Die extreme Länge der Staffelei bei gleichzeitiger Verkürzung des Bootes erzeugt einen surrealen Eindruck. Das Bild, das dort entstand, zeigt eine belichtete Melodienquelle, aus der Noten entspringen. Dramatisch anmutende Opernfiguren halten vibrierende Gläser in der Hand, die den Rhythmus ihres Gesanges nachbilden, während sie glasumhüllte Triolen und grüne Bambuspflanzen ausstoßen. Die kubistisch dargestellten Gesichter der Singenden betonen die irreale Szenerie. Der abstrakt gemalte Hintergrund ist ein Hinweis auf vom Künstler in der Realität bevorzugten Stil. Auf einem Stuhl neben der Staffelei hängen eine blaue Badehose und ein weißes, tropfendes Handtuch, die den Maler als Schwimmer entlarven. Obstschalen auf dem kleinen Beistelltisch enthüllen seine Neigung zu gesunder Ernährung.

Die deutlich erkennbaren Konturen des Schiffes, das für Mobilität und Reisefreudigkeit steht, stimmen mit klaren Vorstellungen überein. Die teils heftigen Wellen des Seegangs lösen beim Betrachter den Eindruck einer ungebremsten Dynamik aus. Die Yacht liegt gleichmäßig auf dem Wasser wie eine Waage, die einen Wert genau abwiegt und auch bestimmt, was gerecht ist.

Die Weite der Fläche wird durch die Auslassung der Details erreicht. Sie steht für die Weitsichtigkeit des Künstlers, die Großzügigkeit bei der Erfüllung der Wünsche, die seine Umgebung an ihn heranträgt und die Gelassenheit gegenüber kleinlichen und missgünstigen Menschen.

Die leuchtende, blau-grüne Farbgebung des Wassers in der unteren Bildmitte steht im Kontrast zu der flüssigeren Malweise der oberen, hellblauen Bildmitte. Links ist wie durch einen Fernrohrblick eine Insel erkennbar, die auf einem Felsen den Vornamen der Ehefrau des Malers nennt. Auf der Insel befindet sich eine Rennbahn. Von der Tribüne aus verfolgen repräsentative Hüte tragende Pinguine aufgeregt ein Zebrarennen. Zebras stellen geschicktes, schnelles und zähes Kampfverhalten dar. Ihr pferdeähnliches Aussehen ruft seine reitbegeisterte Verwandte ins Gedächtnis, um deren Wohl sich der Künstler liebevoll kümmert.

„Ein jedes Wort ist wie ein Eingang
in eine unbekannte Welt.
Ein jeder Ton hat eine Farbe,
die seinen Klang enthält.
Lichtdurchflutet sind die Tage,
an denen gelb sie tönen voll.
Wird zum Loblied jede Klage,
klingt in Dur was vorher Moll."

Diese Zeilen der Autorin dieses Textes schweben über der Yacht. Zusammen mit der am unteren Rand aufgestellten, absurd erscheinenden mathematischen Gleichung:

Himmelsende = Raumerweiterung + Unsterblichkeit

zeigt sie die vielen Ideen an, zu denen der Künstler im Traum- und Wachzustand Zugang hat, von denen manche nur sternschnuppenartig sein Bewusstsein streifen und dennoch einen so bleibenden Eindruck hinterlassen, dass er sie verwirklicht.

Trotz der teils widersprüchlichen oder exzentrischen Vorgänge strahlt das Bild eine leise, heitere Atmosphäre aus, die durch Offenheit und alles durchdringenden Humor charakterisiert werden kann.

First painting - Work

The first picture is simply entitled 'work.' An orange-yellow hand's width stripe with awards and prizes, which was led from the bottom right to the top left, divides the painting into two triangles.

The basic mood of the upper triangle is dominated by the colors white and yellow. A few gray and black, almost impressionistic dots run through it. From an elevated sunrise through a window into the artist's study, which is characterized by a simple, almost Spartan equipment and points to a person who does not want to be distracted. The shelves and the desk which are almost sketchily depicted underline this impression. The view from the window hints at a pond surrounded by greenery. The exactly applied colours are an indication of the accuracy of the artist.

The disharmonious colours of the working materials and the plan he is working on fall out of the frame. They symbolize the confrontation with the professional and human problems that the artist faces. Sunbeams form a focal point on the plan he is working on. They indicate that it is already the seventh version with which he optimizes his work and realizes his high quality standards with a lot of perseverance.

The evening mood of the lower triangle is shown in orange-red. The late timing reminds that work serves as an elixir of life for the artist, keeping him young. The person in the foreground represents the artist himself. The composition of the picture realizes his idea that the focus is on the human being and that he has made his work for people. He pours a blue liquid into a green test tube. The three-dimensional representation allows the viewer to witness the alchemical process 'solve et coagula' in which the liquids are separated and brought together again, as it happens in daily work with properties and principles to create new projects and constellations. The shades of brown that subtly surround this image point to the down-to-earth attitude of the main character. Despite the chaotic-looking formation of the test tubes, he has the view of a person consolidated by crises, who also sees through maneuvers instantly which are well-camouflaged deception.

An oversized test tube is shown in the middle of the lower edge of the painting. The transparent liquid signals a lack of properties and the possibility of serving as a matrix for various principles.

At the lower left edge of the picture, blurred vessels are visible as a result of a wiping technique. The label shows the different products. It represents the opportunities that the artist sees in the necessary inner transformation processes that he has carried out in order to develop himself.

A bottle of red wine with an illegible label and a glass stands apart from the table with chemicals. They reveal a turn to the pleasures that life offers and are reminiscent of extensively celebrated festivals with champagne and canapés.

The dogs with dark shades in the background of the upper edge of the picture do not seem to fit into the action at first glance. On closer inspection, the attentive observer discovers a smaller drawn scene next to the dogs, which show them in a playful mood in the studio.

Goethe's signature appears in the picture, also the often quoted 'Whoever striving, we can redeem him.'

Second Painting - Sea with painter

'Sea with Painter' is the title of the second painting. It shows the artist in a green hunting suit in front of an easel standing on his yacht. The extreme length of the easel which shortens the boat creates a surreal impression. The picture that was created there shows an exposed source of melodies from which notes arise. Dramatically looking opera characters hold vibrating glasses in their hands that recreate the rhythm of their singing as they eject triplets which are encased in glass and green bamboo plants. The cubist faces of the singers emphasize the irreal scenery. The abstractly painted background is an indication of the style preferred by the artist in reality. On a chair next to the easel is a white blue swimming trunk and a dripping towel that exposes the painter as a swimmer. Fruit bowls on the small side table reveal his penchant for healthy eating.

The clearly recognizable contours of the ship which stand for mobility and willingness to travel, coincide with clear ideas. The sometimes violent waves of the swell give the viewer the impression of an unrestrained dynamic. The yacht is evenly in the water like a scale that accurately weighs a value and also determines what is fair.

The width of the area is achieved by omitting the details. It stands for the artist's farsightedness, the generosity in fulfilling the desires that his surrounding bring to him and the serenity shown towards petty and unfavorable people.

The bright, blue-green color scheme of the water in the lower center of the painting contrasts with the more fluid painting style of the upper light blue of its centre. On the left, as if by a telescope view, an island is recognizable which on a rock mentiones the first name of the painter's wife. There is a racecourse on the island. Representative penguins who wear hats watch a zebra race from the stand in an exited way. Zebras represent skillful, fast and tough combat behaviour. Their horse-like appearance is a reminiscent of his riding-loving relatives, whose well-being the artist lovingly takes care of.

> „Ein jedes Wort ist wie ein Eingang
> in eine unbekannte Welt.
> Ein jeder Ton hat eine Farbe, die seinen Klang
> enthält.
> Lichtdurchflutet sind die Tage,
> an denen gelb sie tönen voll.
> Wird zum Loblied jede Klage,
> klingt in Dur was vorher Moll."

These lines of the author of this text float above the yacht.

Together with the seemingly absurd mathematical equation at the bottom:

Celestial End = Expansion of Space + Immortality

it shows the many ideas to which the artist has access in a dream and waking state, some of which only touched his consciousness like shooting stars and yet leave such a lasting impression that he realizes them.

Despite the sometimes contradictory or eccentric processes, the picture has a quiet, cheerful atmosphere that can be characterized by openness and a sense of humour which penetrates everything.

Dolmetsch- und Übersetzungsdienst
Marion Wolters
Geprüfte Dolmetscherin Englisch

+++ Wirtschaft +++ Politik +++ Medien
+++ Energie +++ Literatur +++

VOM GLEICHEN AUTOR
DU MÊME AUTEUR
BY THE SAME AUTHOR

Allegoria Allegria, 2012
hermetische Texte, textes hermétique, hermetic texts

Comme Schönheit influences la paz, 2015
experimentelle Texte, textes expérimentaux, experimental
texts

Comme Schönheit influences la paz – Arbeitsbuch, 2015
manuel, working book

Interspaceinterestinterface, 2016
surrealistische Texte, textes surréaliste, surrealistic texts

parcourlet, 2017
Erfindung einer neuen Sportart, invention d'un nouveau sport,
invention of a new sport

Tiaré? Entrez!, 2018
physikalische/chemische Themen, thèmes
physiques/chimiques, physical/chemical topics

Sunlight point, 2019
ontologische/tanzbare Texte, texte ontologiques/dansant,
ontological/danceable texts

apercevoir et sourire, 2019
Recherchen, recherché, investigations

Journalismus in der digitalen Verbreitung, 2019
journalistische Texte, textes journalistiques, journalistic texts

Fougère, verre…, 2020
biologische Themen, thèmes biologiques, biological topics

Bleuciel de Sagesse, 2021
Konnotationsvertonungen durch eine Sprachkomponistin
Connotation settings by a language composer
Sonorisation de la connotation par un compositeur de langage
Configuración de connotación por un compositor de idiomas

Emotions create a new understanding menting thoughts while
standing on a future bridge, 2021
Poems, Gedichte, poèmes, poems

Seinsqualitäten, 2022
Ein heiteres, philosophisches Theaterstück in drei Akten und
zwei Sprachen
A light-hearted, philosophical theatrical play in three acts and
two languages